KB159551

못난 꿈이 ── 한데 모여

못난 꿈이 한데 모여

2015년 5월 1일 처음 펴냄
2019년 5월 15일 2쇄 펴냄

글쓴이 · 서정홍
펴낸이 · 김종필
디자인 · Gem

인쇄 · 현문인쇄(인쇄) / 최광수(영업)
종이 · (주)한솔PNS 강승우
출고 반품 · (주)문화유통북스 박병례, 윤영매, 임금순

펴낸곳 · 도서출판 나라말
출판등록 · 제25100-2017-000044호
주소 · 03421 서울시 은평구 역촌동 83-25 정라실크텔 603호
전화 · 02-332-1446 전송 0303-0943-3110
전자우편 · naramalbooks@hanmail.net

ISBN 978-89-97981-17-5 03810

도서출판 나라말은 말과 글이 하나되는 세상을 꿈꿉니다.

이 도서의 국립중앙도서관 출판예정도서목록(CIP)은 서지정보유통지원시스템
홈페이지(http://seoji.nl.go.kr)와 국가자료공동목록시스템(http://www.nl.go.
kr/kolisnet)에서 이용하실 수 있습니다. (CIP제어번호 : CIP2015011732)

못난 꿈이
한데 모여

서정홍 시집

나라말

쓸쓸하고 고단한 삶을 살아가는 이들에게

이 시집을 바칩니다.

모두가 가난하면서
모두가 부유한 세상

아침 모임 시간에 아이들한테 시를 읽어 줍니다. 여러 시인의 시를 아이들과 함께 읽지만, 그 가운데서도 서정홍 시인의 시를 아이들과 함께 읽다 보면 마음이 편안해지고 따뜻해집니다. 젊은이가 모두 떠나 버린 농촌에서 쓸쓸히 살아가는 할머니와 할아버지, 가난하고 못났지만 착하게 살아가는 우리 이웃들, 흔하게 피어나 따뜻한 눈길 한 번 받아 보지 못한 들꽃, 땅바닥에 아무렇게나 나뒹구는 돌멩이 하나도 서정홍 시인은 하찮게 여기지 않습니다. 이 세상 모든 것을 따뜻한 마음으로 품어 안은 시인의 애틋한 사랑을 우리 아이들과 함께 나눕니다. 나 혼자 잘살려고 하지 않고 우리 모두가 더불어 살면서 즐겁고 행복한 세상이 되기를 바라는 시인의 간절한 마음을 아이들과 함께 나눕니다.

그이가 우리 마음속에 뿌린 사랑의 씨앗이 무럭무럭 자라 분노와 절망이 아닌 희망의 열매로 활짝 피어나길 빌어 봅니다. 지친 몸과 마음을 따뜻하게 위로해 주신 서정홍 시인이 앞으로도 아무도 거들떠보지 않은 쓸쓸하고 가난한 이웃들을 섬기며, 그 이웃들의 삶을 변함없이 보듬어 주시기를. 그리하여 '아무도 가난하지 않고 아무도 부유하지 않고, 모두가 가난하면서도 모두가 부유한 세상'을 앞당겨 주시기를. 고맙습니다. 사랑합니다.

김희정(변산공동체학교 교장)

2부
...
달콤한 보약

3부

...

못난이 철학

4부
···
버릇 못 고치는 아내

5부

...

다시, 58년 개띠

1부

사
람
을
찾
습
니
다

비슷하지만

자기 배가 고프면
다른 사람 배도
고픈 줄 아는 사람

자기 배가 부르면
다른 사람 배도
부른 줄 아는 사람

먹고사는 일

땅에 무릎을
수백 번 꿇지 않고서야
어찌 밥상 차릴 수 있으랴

땅에 허리를
수천 번 숙이지 않고서야
어찌 먹고살 수 있으랴

끝없이 무릎 꿇고
끝없이 허리 숙이지 않고서야
어찌 목숨 하나 살릴 수 있으랴

고맙습니다

이 작은 산골에

보아 주는 사람

하나 없는데

꽃은 피고 지고

또 피고 지고

하루

아침에 일어나
바람 들어오는 창문을 열 수 있다면
그것은 가장 큰 기적이다

그 바람을 맞으며
심장 뛰는 소릴 들을 수 있다면

아침에 일어나
다른 사람 얼굴을 볼 수 있다면
그것 또한 가장 큰 기적이다

서로 얼굴 바라보며
환하게 웃을 수 있다면

그리하여
살아 있는 기쁨에
마음 설렐 수 있다면

따뜻한 기도

메마르고 야속한 세상이
무어 그리 빨리 보고 싶은지
엄마 배 속에서 열 달을 채우지 못하고
약한 몸으로
일곱 달 만에 태어났어요, 요한이는

너무 일찍 태어나는 바람에
의사 선생이 살기 어렵다고,
살아도 얼마 살지 못할 거라 했는데……

그 말을 들은 할머니가
십자가 앞에서 맨날
울면서 울면서 기도를 드렸대요

—하느님, 제발
우리 손자 요한이 데려가지 마시고
이 늙은 할망구를 데려가 주이소

이 기도 소리를 들으며 자란 요한이는
십자가 앞에 앉을 때마다 기도드려요

―하느님, 제발
할머니와 같이 살게 해 주세요
할머니가 저를 살렸어요

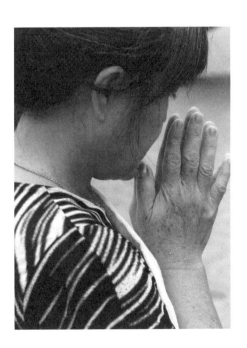

철학자와 농부

당신이 무엇으로 바쁜지
애기해 주면
당신이 어떤 사람인지
나는 곧 알아맞힐 수 있다

—철학자

당신이 무엇을 먹고사는지
애기해 주면
당신이 어떤 사람인지
나는 곧 알아맞힐 수 있다

—농부

비정규직이 걷는 길

차별
차이
갈등
분열
불만
불안
고독
방황
피로
병고
고통
슬픔
가난
절망
분노
그리고
대물림

Be! 정규직!

혼인을 앞둔 이들에게

초대장 마구잡이 보내지 말고,
온 마음으로 축하해 줄 사람
스무 명 안팎만 보내고

시간마다 벽돌처럼 부부를 찍어 내는
딱딱한 시멘트 예식장에
억지로 꾸민 화려한 분위기 말고,
풀벌레와 새들이 노래하고
자연이 살아 숨 쉬는 숲 속에서

시커먼 양복에
남이 입던 드레스를
돈까지 들여 질질 끌고 다니지 말고,
편안한 생활한복이나
입던 옷 깨끗이 빨아 입고

불편한 구두 신지 말고,
맨발로 모든 생명을 살리는
흙의 기운을 받으며

찾아오는 손님 부담스럽게 만드는
경조비 받지 말고,
버리기 아까운 물건들 가져와
서로 나누어 가져갈 수 있도록 하고

누가, 어디서, 어떻게
생산했는지도 잘 알지 못하는
요란한 뷔페 음식 말고,
정성 들여 손수 지은 따끈따끈한 밥과
된장과 김치와 막걸리 준비하여

신랑 신부 식장에 들어올 때는
혼란스러운 폭죽 같은 거 터뜨리지 말고,
곱게 물든 가랑잎이나 들꽃을 뿌려 주고

잘 알지도 못하는 주례한테
뻔한 소리 듣지 말고,
부모 형제와 이웃들과 벗들의 마음이 담긴
따뜻한 덕담을 들으며

혼인식이 끝나면 도망가듯이
태국이니 필리핀이니 낯선 땅으로
신혼여행 떠나지 말고,
나비와 잠자리와 새들과 어울려
노래하고 춤추며 놀다가
4박 5일쯤 손길이 필요한 곳으로
봉사 활동 떠나면 어떠랴

세상에 이런 일이

이른 아침부터 감나무 가지에
온 동네 새들이 야단법석이다
찌뿌드드한 몸을 일으켜 나가 보니
어이구우, 이게 무슨!
텃밭에 개미가 하도 많아
아내가 놓아둔 끈끈이에
개미는 안 붙고
참새 새끼 한 마리 붙어 파닥거리고 있다
그 참새 새끼 한 마리 살리자고
온 동네 새들이 야단법석이다
끈끈이에 붙은 날개를 겨우 떼어내자마자
동네 새들이 약속이나 한 듯이
내 머리 위를 몇 바퀴 돌더니,
대숲을 지나 어디론가 사라졌다
아무 일도 없었다는 듯이
세상은 다시 아득하다

키 작은 부처

합천 가회면 영암사지 들머리에서
'황매산 기적길' 올라가는 산길

흙 한 줌 없는
크고 작은 바위마다
깊이 뿌리내린 키 작은 소나무들

얼마나 스스로를 낮추고
또 낮추어야만
저곳에 뿌리내릴 수 있을까

얼마나 깊은 외로움을 견디고
또 견뎌야만
저 경지에 닿을 수 있을까

가만히 바라보니 눈이 부시다
저건 소나무가 아니다
키 작은 부처다

시와 막걸리

십 년 전이나 지금이나
잡지사에 시 한 편 보내고 나면
내가 할 수 있는 일은 아무것도 없다

시 한 편에
오만 원 주면
오만 원 받고
십만 원 주면
십만 원 받아

가난한 벗들과
막걸리 한잔 나누면 그만이다

어차피
시는 돈이 아니다
막걸리다

사람을 찾습니다

몸과 마음이 지친
쓸쓸한 벗을 찾아가
가만가만 술 한잔 따르는 사람

담 넘어 들려오는
이웃집 노인의 기침 소리만 듣고도
마음이 짠한 사람

남한테 아무런 조건도 기대도 없이
베풀고 또 베풀면서도
그저 기뻐서 어쩔 줄 모르는 사람

남의 실수와 잘못을 보면서
혹시 '나'도 잘못 살고 있지 않나 싶어
제 삶을 되돌아보는 사람

골목길 발소리만 들려도
'아, 사람이구나!' 싶어
그냥 마음 설레는 사람

그리하여

우리, 조금 더

쓸쓸해야 하느니

쓸쓸해야 사람이 그립고

사람이 그리워야

사람을 사랑할 수 있느니

2부

달콤한

보약

달콤한 보약

어르신이 경운기 사고로 떠나신 지, 어언 삼 년이 지났습니다. 우리 마을에서 어질기로 소문난 어르신이, 하루는 저희 집에 찾아와 술 한잔만 달라 하셨지요. 보슬비 내리는 이른 아침에, 아내가 소주랑 안주를 조금 내놓았는데 소주만 벌컥 드시고는 얼른 일어나셨지요. 그날이 마지막으로 어르신께 드린 소주였습니다. 그때는 몰랐습니다. 왜 어르신이 바쁜 농사철에, 맨날 밥은 드시지 않고 소주만 드셨는지를. 왜 술병을 빼앗는 할머니 몰래 대숲에 소주를 숨겨 두고 드셨는지를.

산골 마을에 남의 논밭 얻어 농사지으며 산 지 서너해 지나서야 알았습니다. 바쁜 농사철이 되면 몸이 지쳐 밥 씹을 힘조차 없다는 것을. 그래서 밥보다 술잔에 손이 먼저 간다는 것을. 몸이 지칠수록 술은 술술 잘 넘어간다는 것을. 더구나 술을 마시면 여기저기 쑤시고 아픈 몸이 끄떡없이 괜찮아진다는 것을.

어느 겨울, 어르신과 같이 지게 지고 산에 땔감 하러 갈 때 짚으로 만든 낡은 제 멜빵을 보시고 말씀하셨지요. "나 죽기 전에 평생 써도 안 떨어지는 멜빵 만들어 줌세. 틈이 나모 쓰레기장에 버려진 천막 쪼가리나 주워 오시게." 겨울 햇살 아래, 하루 내내 평상에 앉아 지게 멜빵을 만들어 주신 어르신! 오늘, 그 지게 멜빵을 어루만지며 이른 아침부터 모판을 날랐습니다. 아무리 농기계가 편리하고 좋다 해도, 길도 없는 높은 다랑논에 모판을 나를 때는 지게보다 더 좋은 게 없습니다. 다리가 후들거리고 어깨가 쑤십니다. 문득, 어르신과 논두렁에 앉아 술술 그냥 넘어가는 술 한잔 마시고 싶습니다. 그리고 오늘에야 겨우 알았습니다. 할머니 몰래 대숲에 숨겨 두고 드신 소주가 얼마나 달콤한 보약이었는지.

산내 할아버지

경운기를 몰고
산밭 아래
작은 샘을 지날 때마다
잠시 물 한잔하신다

─어이쿠우, 시원타!
맨날 이리 고마워서 우짜노

보는 사람 하나 없는데
작은 샘한테 인사를 하신다

덕담

지리산 골짝에 사는 선우네가
오늘부터 곶감을 깎는다기에
일손을 거들려고 들렀는데요
때마침 첫눈이 내리지 뭡니까

―첫눈 오시는 날에
곶감을 깎기 시작하면
다음 해 내내 집안에 웃음꽃이 핀다던데……

덕담 삼아 한 말인데
선우네 부부가 어쩌나 좋아하는지요

하얀 눈이
하얀 첫눈이
하얗게 하얗게
내리는 날에

상추와 강아지풀

가뭄이 들어
상추밭에 물을 줍니다

혼자서도 잘 노는
다섯 살 개구쟁이 다울이가
살며시 다가와 묻습니다

—시인 아저씨, 상추는 물을 주면서
강아지풀은 왜 물을 안 줘요?
상추 옆에 같이 살고 있는데

그 말을 듣고
강아지풀한테
물을 듬뿍 주었습니다

외할머니

아이고오, 오랜만에 네 어미가
옷 한 벌 사 준다 캐서
억지로 백화점에 따라 갔는데 말이다
할인했다 카는데 30만 원이라!
가슴이 벌렁거려서 그냥 왔다 아이가
집에 와서 혼자 가만 계산해 보이
30만 원이모
감자가 서른 상자
들깨가 사십 되
쌀이 몇 말인데……
그 비싼 옷을 몸에 걸치고 다니모
우찌 밥이 목구멍으로 넘어가겠노

나를 울린 이 사람

"오늘 설교한 목사 어디 있어?"

"네, 여기 있어요."

"지금 내 앞에 있어?"

"네."

"이 돈 받아!"

손마디가 다 떨어져 나가고 토막 난 손가락 사이로 여섯 번이나 접어 둔 1만 원권 지폐 한 장을 준다. 그리고 나머지 한 손으로 내 등을 만져 본다.

"등이 빳빳하구먼."

"네, 제가 좀 건방져서 등이 빳빳해요."

"됐어. 목사가 살찌면 설교 못해."

순간 나는 피가 거꾸로 흐르는 것 같았다. 등을 만져서 다행이지 배를 만졌으면 뺨 맞을 뻔했다. 일을 많이 해서 등은 굳어 있었으나 배는 나왔을 때였다.

---

*화천 시골교회 임락경 목사님이, 한센병 환자들이 모여 사는 곳에서 설교를 마치고 나오는 길에 중증 환자 노인과 나눈 이야기다.

(2013. 8. 14. 〈한겨레〉)

그런데도

이웃 산골 마을에 아들이 공무원인
할아버지가 사는데 말이에요
농사지으면서도 틈만 나면
텔레비전에서 나오는
공무원처럼 양복을 자주 입고 다녀요
공무원처럼 운동복을 갈아입고 산책을 해요
공무원처럼 걸음도 천천히 걸어요
공무원처럼 말도 함부로 하지 않아요

이렇게 자식들 때문에 부모가 바뀌기도 하지만,
부모 때문에 자식들 팔자가 바뀌기도 해요
아버지가 대학 교수였던 영민이는
대학 교수가 되었고요
아버지가 문방구를 하던 태식이는
초등학교 앞에서 이십 년째 문방구를 해요
아버지가 비정규직이던 순철이는
아직도 자동차 공장 비정규직이에요
살기 좋은 우리나라는
아버지가 판검사고 대통령이면
그 자식들도 판검사가 되고 대통령도 되잖아요

우리 아버지는 한평생 가난을 업으로 안고 살았어요
그래도 목구멍이 포도청이라
자랑스러운 대한민국 경제성장을 위해
자식을 낳아 전국 팔도에 빠짐없이 내보냈지요
공장으로 식당으로 고물상으로 건설 현장으로……
그런데 말입니다
일밖에 모르고 거짓말할 줄도 모르고
부지런하게 살아온 그 자식들도 아버지를 닮아
아직도 가난이 업인 줄 알아요

'이명박 씨가 대통령 해 먹을 때
4대강, 자원 외교, 방위 산업 따위로 날린 돈이
100조 원이나 된다는데요
그 돈이면 집 없는 사람들한테
2억짜리 집 50만 채를 공짜로 지어 줄 수 있대요'
100조 원, 그 돈은 모두
일밖에 모르고 거짓말할 줄도 모르고
부지런하게 살아온 어진 백성들이 흘린 땀이라요
그런데, 그런데도요
그 주인인 백성들은 아직도 가난이 업인 줄 알아요

어처구니없는 대한민국 이 땅에
어처구니없는 일이 아무렇지도 않게 일어나는데도

터무니없는

요즘 노인 회관에 가면
형님이 따로 있는 게 아니오
돈 잘 쓰는 사람이 형님이오

돈 잘 쓰는 그 형님이
얼마 전에 훌륭한 며느리를 봤다고
동네방네 소문이 쫙 났다 하더만요

요즘은 잘나고 못나고 소용이 없소
부잣집에서 시집오면 훌륭한 며느리라 하요

어허, 오래 살지도 않았는데
거지발싸개 같은 소릴 다 듣겠네

지하철에서

이년아, 너 혼자 잘 처먹고 잘 살아라!
네년이 돈이 있으면 얼마나 있다고 지랄이냐!
너 같은 년은 지금 뒈져도 아깝지 않다, 이년아!
아니라고?
아니긴 뭐가 아니라고 지랄이냐!
아니, 이년이 아직 열린 주둥이는 살았다, 이거지!
네년 욕심 때문에 네년만 죽을 줄 아느냐!
네 식구들 눈에도 피눈물 날 거다, 이 못된 년아!
찢어 죽여도 시원찮을 년아!
남 망하게 하고, 잘사는 년은 천벌을 받아, 이년아!
네년이 천벌을 안 받으면 누가 받겠어
숨만 쉰다고 사람이더냐, 이년아!
사람 탈을 쓰고 태어났으면 남 돕지는 못할망정
남을 속이지는 말아야지, 개돼지보다 못한 년!
너 같은 년한테는 욕도 아깝다, 이년아!

머리를 풀어헤친 사십 대 아주머니가
혼자서 신나게 신나게 욕을 해 대더니
충무로에서 살며시 내립니다
아무 일도 없다는 듯이

가회 우체국

가회 우체국은
사철 내내 택배 보내려고 온
농부들 손길로 바쁘다
우체국 일꾼들도 택배 보낼 준비하느라
농부들만큼, 아니 농부들보다 더 바쁘다

나이 드신 농부들 가운데
한글을 모르는 분이 있으면
택배 주소를 써 드려야 하고,
농사일 바빠서
포장도 하지 않고 가져온 농산물은
미리 준비해 둔 자루에 넣거나
상자에 담아 줄로 꽁꽁 묶어야 한다

그뿐이 아니다
자동차가 없어 택배 보낼 농산물을
우체국으로 가져오지 못하는 농부들을 위해
하루에 한 번씩
산골 마을을 한 바퀴 돌아다녀야 한다
거센 비바람, 눈보라 몰아치는 날에도

험하고 가파른 고갯길 마다 않고 가야 한다

저녁 무렵이 다가오면
골짝 골짝에서 애써 기른 농산물이
서로 인사를 나누고 택배 차에 실려 간다
농부들의 고달픔과 그리움도 함께
황매산 저녁노을도 함께

나랏돈

산골 마을 노인 회관 운영비와 부식비가 해마다 군에서 조금 나온다. 그 돈으로 어르신들이 회관에 모여 수제비도 끓여 드시고 국수도 삶아 드시고 막걸리도 한두 잔 하신다. 군에서 그냥 나오는 돈이라(자세히 말하면 모두 우리가 낸 세금이다.) 마음 편하게 드시면 될 텐데 도시에서 고생하는 자식들 생각에 괜스레 코끝이 찡하시다.

"우리야 이런 돈 안 나와도 집에 쌀 있겠다 김치 있겠다 아무거나 머그모 되는데……." "맞다, 맞어. 이 돈 알고 보모 도시 사는 자식새끼들 죽을 둥 살 둥 땀 흘린 기다." "우리 같은 늙은이들이 얼릉 죽어삐야 젊은 것들이 고생을 덜하지."

한평생 농사지어 자식들 먹여 살렸으면 이런 나랏돈 조금 받아 마음 편하게 쓸 수 있으련만 그것마저 마음에 걸리신다, 산골 마을 어르신들은.

---

*정부가 삼성 그룹에 준 직접 보조금이 2012년에만 1684억 4200만 원에 이르는 것으로 조사됐다. 삼성 다음으로 가장 많은 보조금을 받은 곳은 현대 자동차(883억 원)이다. 다음으로 한진(567억 원)과 한화(465억 원), 포스코(442억 원)가 뒤를 이었다.

(2014. 2. 4. 〈한겨레〉)

뜬세상

이웃 마을에 사는 만수 아재 첫째 아들은 대학 선생이
고, 둘째 아들은 중학교 선생이고, 셋째 아들은 가난
한 비정규직 노동자다. 첫째와 둘째 아들은 늘 살기
바빠 한 해 두세 번밖에 부모를 찾아오지 못한다. 그
러나 셋째 아들은 아무리 살기 바빠도 한해 열두 번
넘게 부모를 찾아와 농사일을 거든다. 그 소문을 새들
이 물고 다니며 동네방네 방방곡곡 다 퍼뜨렸다. 어느
새 가난하고 못 배운 자식이 효도한다는 소문까지 쫙
퍼져나가더니, 등골 빠지게 농사지어 자식 학교 보내
고 뒷바라지해 봤자 아무 소용없다는 소문까지 나돌
았다. 드디어 우리나라 학교는 땀 흘려 일하고 정직하
게 살아가는 '사람'을 기르지 못하고, 이상한 재주를
가지고 사람을 호리는 '도깨비'를 기른다는 소문마저
떠돌았다. 강물이 거침없이 흘러 천 리에 다다르듯,
소문에 소문이 꼬리를 물고 퍼져 나갔다.

못난 꿈이 한데 모이면

준태, 시영이, 남철이, 광호는
변함없는 의리와 따뜻한 정밖에 없는
농촌 고등학교 1학년이다

준태 꿈은
아버지처럼 농사지으며
흙냄새 잔뜩 묻은 시를 쓰는 것이다
시영이 꿈은

정비 공장 기술자가 되는 것이다
남철이 꿈은
가난한 사람들이 편안하게 쉴 수 있는
단순하고 튼튼한 집을 짓는 것이다
광호 꿈은
아이들도 잘 먹을 수 있는
한식 전문 식당 주방장이 되는 것이다

눈먼 사람들은 어찌 그리 볼품없고
지지리 못난 꿈을 꾸느냐고 하겠지만,
이 볼품없고 지지리 못난 꿈이 한데 모이면
온 세상이 들썩거릴 것이다

너른 들녘에서 허리 숙여 모를 심고
정비 공장에서 고장 난 자동차를 고치고
공사판에서 비지땀 흘리며 집을 짓고
식당 주방에서 사철 내내 맛있는 음식을 만들고……
벌써 가슴이 두근거리지 않는가!

그 손으로

전주 중앙여고 문학 강연을 마치고
한참을 걸어 나왔는데
한 학생이 숨 가쁘게 뛰어왔다

—서정홍 시인님, 제 손 한번
꼭 잡아 주세요

까닭도 모르고 잡아 준 그 손은
참 따뜻했다
그리고 나는 오늘도 시를 쓴다
그 손으로

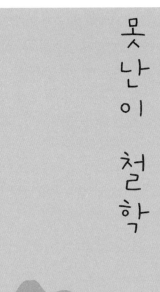

3부

못난이 철학

가장 짧은 시

아랫집 현동 할아버지는
몇 해째 중풍으로 누워 계신 할머니를,
밥도 떠먹여 드리고
똥오줌도 누여 드립니다

요양원에 보내면 서로 편안할 텐데
왜 고생을 사서 하느냐고 이웃들이 물으면
딱 한 말씀 하십니다

　—누* 보고 시집왔는데!

*누 : 누구.

산골 아이 정욱이

—아버지, 얼른 달 보러 가요!
—아버지가 지금 바쁘게 일하고 있는데
달 보러 갈 틈이 어디 있냐
—지금 동근 달이 떴단 말이에요
지고 나면 다시는 못 본다니까요
—아버지가 지금 바쁘다고 했잖아
둥근 달은 다음에 봐!

여럿이 어울려 생강차를 만드는데
초등학교 3학년인 정욱이가
아버지한테 달 보러 가자고 조르는데요
아버지는 바쁘다고만 하네요

시를 좋아하고 시를 잘 쓰는
정욱이 가슴에
달이 찾아온 게 아니라
시가 찾아온 줄도 모르고
아버지는 바쁘다고만 하네요

*세월호 침몰 사고 2014년 4월 16일 오전 8시 48분경 대한민국 전라남도 진도군 조도면 부근 해상에서 청해진 해운 소속의 인천발 제주행 연안 여객선 세월호가 전복되어 침몰한 사고이다. 이 사고로 탑승 인원 476명 중 295명이 사망하고 9명이 실종되었다. 자랑스러운 대한민국은 단 한 명도 구조하지 못했다. 구조하지 않았던 것일까? 이 글을 쓰고 있는 지금까지 밝혀지지 않았다. 참으로 안타깝고 슬픈 일이다.

산골 아이 정한이

산골 마을 젊은 농부들과 함께
틈을 내어 갔습니다
일곱 살 정한이도 함께 갔습니다
진도 팽목항에

—시인 아저씨, 바다를 보고 왜 울어요?
엄마도 울고 이모도 울고 왜 다 울어요?
—정한아, 울긴 누가 울어
—지금도 울고 있잖아요?
—우는 게 아니라니깐
—지금도 울고 있잖아요?
—어허, 고 녀석이……

우는 것조차 미안하고 부끄러운
진도 팽목항에서
정한이가 내 손을 잡고 자꾸 묻습니다
새까만 눈동자로 날 쳐다보면서

—지금도 울고 있잖아요?

산골 아이 정민이 1

세찬 겨울바람을 뚫고
산골 마을 우리 집에
귀한 손님이 한 분 찾아오셨습니다

이름은 조정민
나이는 네 살

정민이가 사는 원동 마을에서
내가 사는 나무실 마을까지는
쉬지 않고 걸어도
한 시간

대숲을 지나
오르막길 내리막길
벚나무 가로수 사이로
마을 회관을 지나 육각정을 지나
새소리 바람 소리 들으며
마냥 흘러가는 구름도 보고
다리 아프면 잠시 쉬었다가……

혼자 걸어서 걸어서 찾아오셨습니다
(식구들이 찾아서 난리가 난 줄도 모르고)

못난 시인을 찾아온
이 귀한 손님을 어떻게 맞아야 하나
아내와 나는 그저 가슴만 두근두근

산골 아이 정민이 2

―애들아, 오줌 누고 싶을 때는
꼭 나무 앞에서 누어야 한다
그래야 나무가 쑥쑥 자라는 거야

네 살 정민이는
아버지 말씀을 듣고부터
맨날 나무 앞에서 오줌을 눕니다

그런데?

오랜만에 여럿이 어울려
외식을 하러 갔는데 말입니다
식당 안, 큰 화분에 심어 놓은
가짜 나무가 있지 뭡니까

정민이는 가짜 나무를 보자마자
오줌이 마렵다며
바지를 내려 시원하게 오줌을 눕니다

진짜 나무인 줄 알고……
손님들이 다 보는데……
아무렇지도 않게……

산골 아이 구룬이 1

구룬이 아버지 짐차는
구룬이보다 나이가 많습니다

구룬이는 어머니 배 속에 있을 때부터
병원으로 시장으로 농협으로 대장간으로
이 짐차를 타고 다녔습니다
옥수수 자라듯 키가 쑥쑥 자라
함양 외할아버지 댁에 갈 때도
대전 할머니 댁에 갈 때에도
시인 아저씨 집에 갈 때에도
이 짐차를 타고 다녔습니다

구룬이가 열 살 되던 해
사람도 늙으면 숨을 거두듯이
짐차도 늙어 숨을 거두었습니다
파란 빛깔 짐차가 옅은 하늘 빛깔이 되도록
고치고 고치고 또 고쳐서 타고 다녔는데……
구룬이가 이름까지 '하늘'이라 지어 주었는데……

짐차가 숨을 거두고 폐차장에 가던 날
구륜이는 하늘을 보고 울었습니다
'하늘'이 그리워 울고 또 울었습니다

산골 아이 구륜이 2

도시 아이들은 예닐곱 살에
영어와 피아노도 배운다는데
구륜이는 열 살이 넘었는데도
아직 한글을 배우고 있습니다요

오늘 낮에 은실이 이모가
도시 상가에 대해 이야기를 하는데
갑자기 구륜이가 묻습니다요

"은실이 이모, 상가라면
사람이 죽은 집을 상가라 하지 않나요?"

산골 마을엔 시도 때도 없이
노인들이 돌아가시는 바람에
'상가' 하면 떠오르는 게 '사람이 죽은 집'이지
물건 파는 상가는 아닙니다요

도시에서 살다 온 은실이 이모는
두 가지 상가를 다 알지만
산골에서 태어나 자란 구륜이는
한 가지 상가만 압니다요

산골 아이 구룬이 3

구룬이는 올해 열세 살입니다
산골에서 태어나
닭도 키우고 소도 키우고
혼자 산에 가서 나무도 하고
농사지으며 살고 있으니
농사 나이로 열세 살입니다

나는 도시에서 태어나
도시에서 살다가
십 년 전에 산골에 들어와
농사지으며 살고 있으니
농사 나이로 열 살입니다

하루 땡볕이 무섭다고
농사 나이로 삼 년 선배인 구룬이는
괭이질도 삽질도 나보다 훨씬 잘합니다

오늘 낮에 찾아온 수녀님이
삼 년 선배에게 물었습니다

―구륜아, 흙과 친해지려면
어쩌면 좋니?
삼 년 선배는 아무것도 아니라는 듯이
바로 대답합니다

―수녀님, 신발 벗고요
맨발로 걸으면 금방 친해져요

이렇게 친절하게
도움말도 곧잘 할 줄 아는 구륜이는
삼 년 선배이자 스승입니다

첫사랑

아무도 모르는, 나만 아는 구륜이의 첫사랑이 있어요.
오랫동안 시멘트 길도 없고 전깃불도 없던 산골 벽오
마을에서 나고 자란 구륜이의 첫사랑은 여섯 살 때 싹
이 텄어요. 어느 여름날, 오후 서너 시쯤 구륜이가 우
리 마을에 놀러왔어요.

─구륜아, 아버지랑 같이 왔냐?
─시인 아저씨, 저 혼자 놀러 왔는데요.
─그 먼 산길을 혼자서 걸어왔다 이 말이지?
─시인 아저씨 보고 싶어서 놀러 왔는데요.
─걸어오려면 한 시간 넘게 걸릴 텐데……

내가 보고 싶어서 왔다는 말이 거짓말이라 하더라도
듣기 좋았습니다요. 그런데 구륜이는 나한테 인사만
꾸벅하고 아랫집에 귀농한 스물아홉 청라 씨 집 마당
앞을 왔다 갔다 하지 뭡니까. 내가 보고 싶어서 놀러
온 줄 알았는데, 알고 보니 그게 아니었습니다요. 친
절하고 상냥한 청라 씨 인기는 동네방네 알려져 있어
여기저기 중신이 들어오던 때였지요. 구륜이가 그걸
눈치챘는지 청라 씨 집 마당 앞을 왔다 갔다 하지 뭡

니까요. 그게 구륜이의 첫사랑인 줄 어찌 알았느냐고
요?

청라 씨가 이웃 마을 농부인 상아 씨를 만나 혼인을
했는데 말입니다요, 구륜이가 신랑인 상아 씨를 보고
이러지 뭡니까.

—상아 삼촌, 왜 청라 이모랑 같이 살아요?
싫으면 말하세요, 나한테.

이런 말을 한두 번 들은 게 아니라니까요.

간절한 시

수매미는 몇 해 동안 땅속에서 산대요
땅 위에 나와, 고작 며칠 살다가
삶을 마감한대요
그렇게 짧은 삶을 사는 동안
짝을 찾으려고 시를 쓴대요

어디 있쓰 어디 있쓰으으

수매미가 시를 쓰면
우리 마을 노총각 인화 씨도
짝을 찾으려고 시를 쓴대요

오늘도 산밭에서
일하다 말고

어디 있쓰 어디 있쓰으으

쓸모 있는 시

서울에서 도덕 선생하다
산골에 들어와 농부가 된
인성이 아버지가

멋있는 말을 해서
사람들을 웃겼습니다

―농촌에 들어와서
가장 쓸모없는 게 도덕이더라고요!
도시에서 입만 살아서 도덕 도덕 떠들었지
삶은 빵점이었다니까요!

맑은 시
−젊은 귀농인의 꿈

이 세상에 사람으로 태어나
부자가 되는 것이
가장 두려운 일이라는 걸 깨달았습니다
부자가 되려면 어떻게 살아야 하는지
여러분도 잘 알고 있지 않습니까?
제가 농부가 된 까닭은 그것밖에 없습니다
부자가 될까 겁이 나서

춤추는 시

구륜이 아버지랑 둘이서
산골 다랑논에 바짝 엎드려
한 발 한 발 앞으로 앞으로
김을 매고 있는데

그걸 가만히 바라보던
이랑이 아버지가 시 한 편 읊습니다

─마치 학 두 마리가 춤추는 것 같소이!

몸으로 쓴 시

하필이면 무더운 여름날
하필이면 일손 모자랄 때
감자 캐랴 마늘 뽑으랴 모 심으랴

태어나 처음으로
농촌에서 비지땀 흘리며
일해 본다는 대학생이
친구들에게 한 말입니다

―우리, 어디 가서 무얼 먹더라도
음식 남기지 말고
농산물 값은 절대 깎지 말자
죽을 때까지!

애간장 태우는 시

지나가는 고양이도 일손을 돕고
아궁이에 부지깽이도
벌떡 일어나 일손을 돕는다는
바쁜 농사철인 유월에
샘터 할아버지가 돌아가셨습니다

마을 사람들은 모두 정자나무 아래 모여
상가 밥을 잘 얻어먹고는
슬픈데도, 슬프지 않은 시를 읊습니다

—죽을라 카모 농사일 없을 때 죽지
이래 바쁜 농사철에 죽어서 산 사람 애간장을 태우노
—영감탱이, 살아서도 그리 속을 썩이더니
죽는 날까지 속을 썩이네
—다랑논에 모 다 심고 나모 죽지
뭐시 그리 바빠서 모 심을 때 죽노, 그래
—아이고오, 그래도 잘 죽었다 잘 죽었어
일도 못하고 살아 있으모 눈칫밥이나 얻어먹지

나를 살린 시

만일, 세상에 시가 없었다면

공부만 하는 공붓벌레가 되었을지
일만 하는 일벌레가 되었을지
돈만 생각하는 돈벌레가 되었을지
눈에 보이는 것밖에 모르는 바보가 되었을지
무엇이 소중한지도 모르는 멍텅구리가 되었을지
마음 나눌 벗 하나 없는 외톨이가 되었을지
가난한 농부 귀한 줄 모르는 얼간이가 되었을지
내가 살려고 남을 속이는 사기꾼이 되었을지
그리하여 귀한 밥만 축내는 버러지가 되었을지
도시 시멘트 속에 갇혀 이미 송장이 되었을지

누가, 어떻게 알겠냐고?

진짜 시

오랜만에 못난 시인들이
세상 고민 다 짊어지고는
거나하게 술을 마시고
밤거리에 나왔습니다

휘황찬란한 불빛들이 도시를 물들이고
그 불빛에 취해 길을 걷다가
슈퍼마켓 옆에 쪼그려 앉아
종이 상자를 접고 있는
꼬부랑 할머니를 보았습니다

못난 시인들이 술을 마시는 동안에도
슈퍼마켓 옆에 쪼그려 앉아
시를 쓰고 있었습니다
꼬부랑 할머니는

못난이 철학 1

도둑이나 사기꾼보다
수천수만 배 더 나쁜 게 있다면

가난한 이들과 땀 흘려 일하고
정직하게 살라 가르치지 않고

공부 열심히 해서 편안하게 살라고
가르치는 것이다, 아이들한테

못난이 철학 2

성질이 더러운 사람은
태어나면서부터 더러운 게 아니래요

하루하루 고단한 삶을 살면서
자기도 모르게 뼈가 틀어져
성질이 더러워진 것이래요

틀어진 뼈를 다시 바로잡으면
성질이 온순해질 수도 있대요

정말이라니까요!

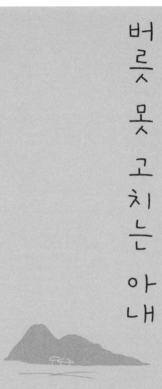

4부

버릇 못 고치는 아내

덧없는

너울너울 나비 한 마리
잠시 꽃밭에 앉았다 날아가는 사이에도

농사일 마치고 마루에 앉아
깜박 잠이 든 사이에도

가난한 아내는
쪼그락쪼그락 늙어 가고 있을 것이다

문득문득 그 생각을 하면
나도 모르게 가슴이 미어진다

유월

이른 아침부터 지게를 지고
이웃집 다랑논에 모판을 나르고

으스름히 해 질 무렵에
집으로 돌아와 몸을 씻었습니다

가슴을 타고 흐른 모판 흙물이
자지에 엉겨 붙어 살살 씻었습니다

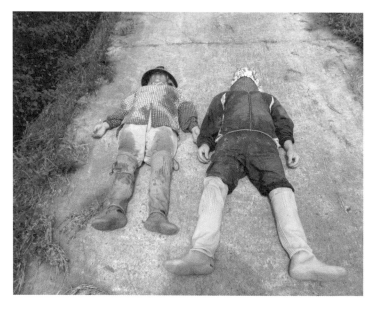

여름날

산밭에서 처음 딴 오이라며
아내가 내게 주었습니다

힘든 농사일 하는
당신이 먼저 먹어야 한다고

내게 준 오이를
다시 아내에게 주었습니다

힘든 농사일 하는
당신이 먼저 먹어야 한다고

산다는 것은

감자 주문 전화를 받으면서
고맙습니다 고맙습니다
머리를 꾸벅거리는 아내

눈앞에 사람도 없는데
왜 머리를 꾸벅거리느냐고
내가 여러 번 말했는데도
그 버릇, 아직도 못 고치는 아내

사람은 모두
남의 덕으로 사는 건데,
머리 꾸벅거리는 게
무어 이상하냐고
오히려 나를 바라보는 아내

머리 숙일 줄 모르고
거들먹거리며 돌아다니는 나를
다 안다는 듯이……

이웃

함박눈 내리는 아침
　　감나무에 까치 부부 찾아와

정답게 정답게
　　홍시를 쪼아 먹고 있습니다

아내와 나는
　　그 모습 바라보며

정답게 정답게
　　밥을 나누어 먹습니다

특별 처방

아내가 무릎이 하도 아프다기에
이름난 정형외과 의사를 찾아갔더니
매우 심각한 골다공증이라
칼슘 약을 먹어야 한단다

나이 들면서 뼈에서 칼슘이 빠져나가게 되어 생기는
병이며, 원인으로는 칼슘과 비타민D 섭취 부족, 운
동 부족, 유전적 요인, 약물 복용, 흡연과 음주 등으
로……

젊고 친절한 의사 말을 듣고
약국에서 준 약을 받아
집으로 돌아가는 길에
내가 '특별 처방'을 해 보았다

가난하고 철없는 사내 만나 일밖에 모르고 살아온 아
내가 운동 부족은 아닐 테고, 부모 형제 가운데 골다
공증이 없으니 유전적 요인도 아닐 테고, 약 먹는 것
을 죽기보다 싫어 하니 약물 복용도 아닐 테고, 담배
냄새만 맡아도 구역질을 하고 밀밭 옆을 지나가도 술

에 취하니 흡연과 음주는 더욱 아닐 테고…… 그렇다
면 처방은 단 한 가지다

이제 힘든 농사일 그만하고
지친 몸과 마음 스스로 달래며
남은 삶을 마무리하는 것이다

스승

한 며칠, 도회지 다녀왔더니
잡초란 놈도
산밭 주인인 나를 깔보고
쑥쑥 자랐습니다
까치란 놈도
비웃으며 나를 내려다봅니다

내가 화려한 도회지에
정신이 팔려
잠시 마음이 떠나 있었다는 걸
잡초란 놈도 까치란 놈도
모를 리가 없습니다
다 압니다, 알고말고요

다시 태어날 수 있다면

아내가 뜬금없이 묻는다
다시 태어나면 누구랑 살고 싶냐고

선뜻 대답을 못하고 있는 나한테
아내가 먼저 말했다
다시 태어나더라도, 지금처럼
당신과 우리 아들 다시 만나
오순도순 같이 살고 싶다고

나는 왜 아내에게
다시 태어나더라도, 지금처럼
당신과 우리 아들 다시 만나
오순도순 같이 살고 싶다는
말을 하지 못했을까

만일 다시 태어날 수 있다면
사람이 아닌, 산기슭 바위 틈
아무도 몰래 피었다 지는
구절초로 태어나고 싶다고
왜 솔직하게 말하지 못했을까

단 하루도 바람 잘 날 없는 이 세상에
한숨과 눈물로 얼룩진 이 땅에
무슨 미련이 남아 사람으로 태어날 거냐고
왜 시원스럽게 말하지 못했을까

애물단지

큰아들 녀석 초등학교 입학 기념으로
외할머니가 사 주신 책상 하나
마산 석전동으로 창원 가음동으로
진주 상평동으로 삼천포 선구동으로
다시 창원 대방동으로……
이제 황매산 작은 산골 마을까지
스무 해 넘도록, 참 질기게
우리 네 식구 따라다녔다

산동네 작은 단칸방에 살 때에도
때론 열세 평 아파트에서
오순도순 두 집이 같이 살 때에도
발 뻗고 누울 자리가 없어
내 발은 늘 책상 밑으로 들어갔다
책상은 늘 애물단지였다
애물단지 하나로 삶을 가꾸던 아이들은
제비처럼 제 갈 길 떠나고
책상은 저절로 내 몫이 되었다

검은 머리 반백이 되는 동안

모서리마다 꼬질꼬질 손때 묻은
책상 가까이 가면
길고 고된 노동에 지쳐 돌아온
못난 아비의 한숨 소리 들리고
가난한 어미의 투박한 잔소리도 들린다
그 한숨 소리와 잔소리를 보물처럼 끌어안고
학교로 가던 아이들이
금방이라도 달려올 것 같은데……
세월은 가고 나는 늙었다

미역국

오늘은 객지로 떠난 아들 녀석 생일입니다요
아들 녀석도 없는데, 아내는 미역국을 끓입니다요
죽은 귀신도 벌떡 일어나 일손을 돕는다는
이 바쁜 농사철에,
아들 녀석도 없는데 웬 미역국이냐고요?

자식 생일에, 자식이 집에 없어도,
부모가 미역국을 꼭 끓여 먹어야만
자식이 잘살 수 있다는 말을
마을 할머니들한테서 들었다지 않습니까요

산골이라 미역국에 넣을 게 마땅치 않다며
양파랑 표고버섯을 넣고 끓였는데도,
쇠고기랑 조개 넣고 끓인 미역국보다
훨씬 냄새가 그윽하고 맛이 깔끔합니다요

자식들 도시로 다 떠나고 없는
작은 산골 마을에
중늙은이 둘이서 미역국을 먹으며
이야기꽃을 피웁니다요

밤새 나누어도 끝이 없을 사연들 풀어 놓다가
주책도 없이 웬 눈물이 그리 나던지요
자식 녀석들 키우느라
셋방살이 열두 번 쫓겨 다녔으니
이런 날, 어찌 눈물이 안 나겠습니까?

미안해요

아내가 정성스럽게 차려 준 점심밥을
고마운 마음으로 잘 먹었습니다

날마다 밥은 아내가 짓고 설거지는 내 몫입니다
오늘도 설거지를 하다가
아내한테 이런 말을 해야 하나 말아야 하나
고민 또 고민을 하다가 슬며시 말했습니다

—여보, 밥 푸고 나서
밥주걱을 설거지통에 바로 넣지 않았으면 좋겠소
밥주걱에 붙은 밥알이
설거지통에서 자꾸 나를 쳐다보며 말을 걸어요
쌀농사 지은 농부들한테 미안하지 않느냐고

아내는 머쓱한 얼굴로 나를 보며 말했습니다

—아아, 그게 아직 버릇이 안 들어…… 미안해요

미안하다는 그 말이 어쩌나 고마운지
설거지하는 내 손이 절로 춤을 추었습니다

윤 서방

도시에 사는 처남과 처제 식구들이 함께 와서
토요일 밤 늦도록 김장 김치 양념을 치대고
일요일 아침, 느지감치 일어나 함께 아침을 먹었다

먹긴 다 먹었는데……

고등학교 다닐 때까지
소 몰고 농사지으며 살아온 처남 밥그릇엔
밥알 하나 없이 깨끗한데,
고등학교 영어 선생 한다는
막내 동서 윤 서방 밥그릇엔
밥알이 덕지덕지 붙어 있다

농부로서 아니, 선배로서
그냥 보고만 있기가 안타까워 물었다

—윤 서방, 자네는 밥 다 먹은 건가?
—예!
—처남 밥그릇과 자네 밥그릇을 자세히 보게
무엇이 다른지?

자세히 보던 윤 서방이 숟가락을 슬그머니 들고는
밥그릇에 덕지덕지 붙은 밥알을 긁어 먹었다

그 모습 가만히 보고 있으니
괜스레 미안하다는 생각이 든다
윤 서방도 미안한지 빙그레 웃는다

외식하던 날

고단한 세상에 마구 휘둘리는
힘없고 가난한 이웃들의 삶을 그대로 찍은
영화 '카트'를 보다가
결코 남의 일이 아닌, 바로 우리 이웃들 이야기라
가슴 시리도록 아파하다가
화를 내다가 가끔 눈물을 찔끔거리다가……

오랜만에 영화를 보고 나온 아내와 나는
배가 몹시 고파 큰맘 먹고
1인분 15000원 하는 초밥 집에서 외식을 했습니다

산골에서 풀만 뜯어 먹고살다가
해산물을 먹으니 힘이 절로 솟는다는 둥
남은 힘을 내일 장작 팰 때 써야겠다는 둥
농담을 주고받으며 맛있게 먹었습니다

맛있게 잘 먹을 때는 아무런 문제가 없었습니다
그런데 초밥 값 삼만 원을 내고
집으로 돌아가는 길에,
아내는 혼잣말로 구시렁거립니다

—배고픈 걸 조금 참았다가
얼른 집에 가서 된장국이나 끓여 먹으면 될걸
—참, 냉동실에 동생들이 가져온 명태가 있는데
무 썰어 넣고 팔팔 끓여 먹으면 될걸
—어이구우, 삼만 원으로
우리 밀 국수를 열 개 샀으면
마을 회관에서 '국수 잔치'를 서너 번 하고도 남을걸

나는 아내 넋두리를 들으면서
까딱 말을 잘못했다간 어떤 소릴 들을지 몰라
입을 꾹 닫았습니다

부질없는

―어이구우, 우리 딸은 신발 사 주지
옷 사 주지 효녀여 효녀!
여태 내 돈으로 신발 사 신고
내 돈으로 옷 사 입은 적이 없구마
내가 이리 주책도 없이
딸 자랑 좀 해도 될랑가 몰라

하동 아지매 딸 자랑에
아들만 둘인 아내는 풀이 팍 죽었다

바빠요 바빠, 무엇이 그리 바쁜지
여름휴가 때도 지난 연휴 때도
코빼기도 안 보이는 아들놈들은 알랑가 몰라

신발이고 옷이고 안 사 줘도 좋으니
낯짝이라도 보여 주기 바라는
쓸쓸한 어미 아비 마음을

아니다, 아니야
그 마음 몰라도 좋다

밥이나 제때 잘 챙겨 묵고
댕기거라, 이눔들아!

첫 월급

이 나라 저 나라를
밥 먹듯이 돌아다니던 큰아들이
태어나서 32년 만에 일자리 얻었습니다

날이 갈수록 일자리를 얻지 못해
골방에서 거리에서
헤매는 젊은이가 늘어난다는데……
우리 아들이 일자리를 얻다니!

일 나간 지
한 달이 지나자마자 전화가 왔습니다
첫 월급 받으면
여태 먹여 주고 입혀 주고 키워 준 부모한테
속옷 선물해야 한다며

아내는 속옷 대신 중고 스마트폰을
나는 속옷 한 벌을
택배로 보내 달라고 했습니다
아들 얼굴 한 번 보고 싶지만
서울에서 산골까지 오려면 차비 들 테니

택배로 보내 달라고 했습니다

기다리던 택배가 눈바람을 뚫고
서울에서 산골 마을까지 왔습니다
택배 기사님이 아들보다 더 반갑습니다
고맙습니다

괭이

이른 아침부터 비가 내립니다
아내와 따끈한 생강차를 마시고 있는데
마당 앞 평상에 기댄 괭이가 비를 맞고 있습니다
눈길을 딴 데 두고 싶은데
나도 모르게 자꾸 괭이한테로 갑니다

지난 십 년, 내 가난한 삶과 함께
녹두밭으로 콩밭으로 수수밭으로
양파밭으로 마늘밭으로 생강밭으로
불평 한마디 없이 따라다닌
괭이가 비를 맞고 있다니!

지난 십 년, 내 고단한 삶과 함께
땅을 파고 풀을 매느라
크고 작은 돌멩이에 부딪혀
날이 닳고 찌그러진
괭이가 비를 맞고 있다니!

벌떡 일어나
밖을 나가 괭이를 잡았습니다

괭이에게 미안하다 고맙다 인사를 하려는데
괭이가 먼저 인사를 합니다
지난 십 년, 쓸쓸하고 고단한 나날
함께 잘 참고 견뎌 주어 고맙다고

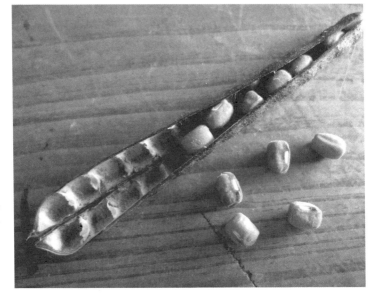

콩을 가리며

싸락눈 내리는 밤에
나무들의 새살거림이 들리는 듯한 밤에
아내와 쥐눈만 한 쥐눈이콩을 가립니다
큰 쟁반에 콩을 붓고
눈에 불을 켜고 콩을 가립니다

비를 맞아 썩은 놈들이야
미련 없이 가려내면 그만인데
반쯤 벌레 먹은 놈들은
나도 모르게 눈길이 갑니다

벌레한테 먹히지 않으려고
발버둥 쳤을
그놈들의 만만찮은 하루가
자꾸 떠올라

발톱 무좀

나도 모르는 사이
도둑괭이처럼 찾아온 그 손님은
엄지발가락부터 새끼발가락까지
한 군데도 빠짐없이 숨어들었다

그 손님을 곱게 보내려면
독한 약을 몇 달 먹어야 한다는
김 선생 말을 믿어야 하나?

독한 약 먹고 속 버리지 말고
그 손님 보듬고 살다가
같이 죽는 게 낫다는
박 선생 말을 믿어야 하나?

'시커멓게 죽은 내 발톱조차
내 손으로 낫게 하지 못하고
남의 손을 빌려야 하다니……'

나는 여태 얼간이처럼
헷갈리며 흔들리며 살아왔다

이리저리 꼬이고 뒤틀린 세상 속에서
무엇을 믿어야 하고
무엇을 믿지 말아야 하는지조차 모르고

때늦은 깨달음

바쁘게 살면
늙은 부모님 뵙고
어깨 한 번 주물러 드릴 수 있겠는가
병든 형제를 찾아
위로 한마디 할 수 있겠는가
시름에 겨운 벗을 만나
술 한잔 따를 수 있겠는가
가난한 이웃과
따뜻한 밥 한 끼 나눠 먹을 수 있겠는가

바쁘게 살면
내가 누군지, 어디서 왔다가
어디로 가는지 알기나 하겠는가
바쁘게 살면
복 짓는 일보다
죄 짓는 일이 많지 않겠는가

부끄럽게도
그렇게 살았다, 나는
숨 한 번 제대로 쉬지 못하고

해는 져서 어두운데
– 서울 성남고등학교에서

여러분, 아침에 학교 갈 때
어머니가 어떤 인사말을 하는지요?

공부 열심히 해라
선생님 말씀 잘 들어라
혹시 이런 인사말 말고,
학교 가거들랑 질문을 많이 해라
꼭두각시가 되지 않으려면
질문을 많이 해야 한다
그래야 사람답게 살 수 있다
이런 인사말을 하는 어머니는 없나요?

——우리 엄마는요
제가 학교 가는 시간에 맨날 잠만 자는데요

기다렸다는 듯이
한 학생이 손을 번쩍 들고 말했습니다
정말 하고 싶은 말인지,
자기도 모르게 툭 튀어나온 말인지,
아무도 알 수 없지만

그 학생의 눈빛은 서늘했습니다

학교 가는 시간에
맨날 잠만 잘 수밖에 없는
어머니의 안쓰러운 삶을 걱정하며
집으로 돌아가는 길에
그 학생의 서늘한 눈빛이 내 앞을 가로막습니다
해는 져서 어두운데

한바탕 웃고
─서울 신림고등학교에서

여러분, 가끔 짜증이 나고 화가 날 때가 있지요. 그럴 때는 집게손가락으로 한쪽 코를 살며시 누르면서 눈을 지그시 감아 보세요. 금세 마음이 가라앉을 거예요. 그리고 까닭도 없이 사는 게 쓸쓸하게만 느껴질 때도 있지요. 그럴 때는 나무 밑에 홀로 앉아 눈을 지그시 감고 새소리 풀벌레 소리를 가만히 들어 보세요. 살아 있는 것만으로도 얼마나 기쁘고 마음 설레는지 금세 느낄 수 있을 거예요. 수업 시간에 집중이 잘 안될 때에도 눈을 지그시 감아 보세요. 선생님 말씀이 또렷하게 잘 들릴 거예요.

문학 강연 시간에 우선 마음공부부터 하자며 여기저기서 주워들은 이야기를 늘어놓는데, 학생들 사이에서 얌전하게 앉아 있던 선생님 한 분이 분위기를 확 살립니다.

─서정홍 시인님, 우리 반 아이들은요.
그런 걸 가르치지 않아도요.
수업 시간만 되면
반 이상은 눈을 감아뿌린당께요!

5부

다시,
58
년
개띠

58년 개띠 준영이

늙고 병든 어머니 모시고 사는 준영이는 창원 공단 주물 공장에 다니다가 후배들을 위해 명예롭게 퇴직을 하고 24시 화물 짐차 운전을 한다. 짐 실어 달라는 연락이 오면 밤낮 가리지 않고 기꺼이 달려간다. 산골 마을 김장 배추도 싣고, 공사장 모래도 싣고, 빚지고 도망가는 사람 짐도 싣고, 불법 오락 기계도 싣고, 돈만 주면 어떤 짐이든 다 실어 준다.

그런데 아무리 돈을 많이 주어도 가기 싫은 데가 딱 한 군데 있다. 밤늦게 전화를 받고 산골 마을에 가는 것이다. 필리핀에서 베트남에서 여기저기 다른 나라에서 시집온 여인이, 어린 자식들 버리고 도망가려고 부르는 것이라 큰마음 먹어야 갈 수 있다. 더구나 도망가는 까닭이, 한국 남편이 휘두르는 폭력과 고된 노동 때문이라니……

누구나 말 못 할 사연이야 있겠지만 그래도 남편과 어린 자식들 두고 도망가는 여인의 짐을 실어 줄 때는, 준영이 마음이 편하지 않다. 산골 마을 사람들이 가장 무서워하는 소리가 밤중에 들리는 짐차 소리라는 말

까지 며칠 전에 들었으니, 어찌 마음이 편하랴. 그래
도 준영이는 누가 불러만 주면 밤낮 가리지 않고 달려
간다. 세상천지에 아프고 슬픈 사연 없는 사람이 어디
있겠냐며 어디든지 달려간다.

58년 개띠 영근이

서 시인, 내가 변호사 사무실에서 사무장으로 일한 지, 벌써 이십 년째라네. 앞으로 어찌 할꼬. 날이 갈수록 일하기가 무섭고 어렵다네. 어떤 사건이든 맡으면 이겨야 하는 버릇이 들어 양심을 팔 때가 한두 번이 아니거든. 그래서 마음이 괴로울 때마다 산에 올라가는 버릇이 생겼다네. 산에 올라가면 마음이 조금이라도 편안해질 줄 알았지. 그런데 산을 오르면 오를수록 괴로움은 더 커지는 거야. 가끔 아무도 몰래 산꼭대기에서 떨어져 죽고 싶을 때가 있어. 그런 생각이 들 때마다 내가 무섭다는 생각이 들어. 이제 이 짓을 그만두고 싶네. 자네처럼 흙으로 돌아가 농사지으며 살고 싶은데, 나 같은 놈도 흙이 받아 주겠는가? 자네가 언젠가 내게 그랬잖아. 욕심 내려놓고 간절하게 바라면 모두 이루어진다고.

58년 개띠 덕만이

덕만이, 자네나 나나 타고난 복도 지지리 없지. 가난한 집안에서 태어나, 굶기를 밥 먹듯이 하며 어린 시절을 보냈으니 말이야. 그래서 늙어서는 돈 걱정하지 않으려고 월급의 반을 보험에 투자한다며 자랑하던 자네가, 눈만 뜨면 일밖에 모르고 정직하게 살던 자네가, 오늘 새벽에 심장마비로 세상을 떠났다는 소식을 듣고 눈앞이 어질어질하고 맥이 탁 풀렸다네. 먹고살기 바빠 아플 틈조차 없다던 자네가, 이렇게 훌쩍 떠나다니…… 갖가지 보험 꼬박꼬박 넣으면 뭐 하나. 이렇게 떠나고 나면 그만인 것을. 삶이란 이렇게 덧없는 거라고 말 한마디라도 남기고 떠나지, 어찌 얼굴에 눈물 자국만 잔뜩 남기고 떠났는가. 잘 가시게, 덕만이! 야속한 세상, 두 번 다시 뒤돌아보지 마시게. 세상엔 아직 가슴 아픈 일이 산더미처럼 쌓여 있다네. 그래도 산 사람은 어찌 살아도 산다고 하지 않던가. 자네도 알다시피 산다는 게 가슴 아픈 일이지 않던가. 사랑하는 것도 미워하는 것도 모두모두 찢어지도록 가슴 아픈 일이지 않던가. 눈물은 이제 산 사람 몫이니, 편안하게 잘 가시게.

58년 개띠 선영이와 정숙이

고향 친구 선영이는
남편이 갑자기 농약 중독으로 세상을 떠난 뒤
부산에 사는 딸이 같이 살자 한단다.
광주에 사는 아들도 같이 살자 한단다.
몇 달 동안 마음을 정하지 못하다가
몇 해 전에 교통사고로 남편을 먼저 보낸
고향 친구 정숙이 말을 듣고 마음을 정했다

"선영아, 생각할 것도 없다. 니가 산골에서 살다가 도시에서 살 것 같나. 못 산다, 이년아! 산골에서는 죽을 때까지 텃밭이라도 일구어 남새라도 뜯어 먹고살 수나 있지만, 도시에 가모 그냥 버러지밖에 더 되겠나. 그라고 늙은 어미 어디 쓸데가 있어 자식들이 같이 살자 하겠노. 그냥 말만 슬쩍 해 보는 것이지, 요즘 세상에 그런 말을 진짜로 알아듣는 등신이 어디 있노. 선영아, 외로우면 외로움을 끌어안고 살면 된다. 니만 외로운 줄 아나. '울지 마라/ 외로우니까 사람이다/ 살아간다는 것은 외로움을 견디는 일이다'* 어쩌고저쩌고 이런 시도 있다 카더라. 손자 손녀 자식새끼 보고 싶으모 찾아가서 하루 이틀 자고 오면 되는 기라. 그

게 서로 편한 기라. 선영아, 힘내라! 우리, 그 유명한
58년 개띠 아이가."

고향 친구 선영이와 정숙이는
그 유명한 58년 개띠다
정이 많아 눈물 많기로 유명하고
눈물이 많아 슬픔도 많은

*정호승의 《수선화에게》에서

58년 개띠 순덕이

순덕이는 스무 해 전에 남편을 저세상으로 먼저 보냈다. 시가에서 남편 잡아먹은 년이라고 하도 구박을 하는 바람에 발길을 끊은 지 오래되었다.(말도 안 되는 소린 줄 뻔히 알면서) 그 뒤로 작은 산골 읍내에 와서 밥장사 술장사를 한다. 순덕이는 손님이 찾아오면 언제나 무농약 쌀로 갓 지은 따끈따끈한 밥을 손님들한테 내놓는다. 그 소문을 듣고 먼 데서 일부러 찾아오는 손님도 가끔 있다. 그러나 세월 앞에는 무쇠도 삭는다고 식당일 오래하다 보니 어깨, 허리, 무릎 안 아픈 데가 없다. 어찌 몸만 아프겠는가. 손님도 없고 창밖에 함박눈이 내리는데, 순덕이는 때다 싫었는지 마음에 묻고 살던 아픈 과거를 슬슬 풀어낸다.

"정홍아, 오늘따라 손님도 없는데 내 말 좀 들어 볼래. 식당 문을 열고 한두 해쯤 되었지 아마. 하루는 산골 영감이 가을걷이 마치고 찾아와, 천 원짜리 한 장을 술상에 탁 내놓으며 술 한잔 따라 보라고 해. 하도 기가 차서 눈을 흘기며 서 있었더니, 만 원짜리 한 장을 술상에 탁 내놓으며 술 한잔 따라 보라고 해. 그래도 지조가 있지, 어찌! 내가 아무리 술장사를 해서 밥

먹고사는 년이지만 돈을 받고 술을 따라 주는 돼먹지 못한 년은 아니지. 그래서 고함을 질렀어. 이 영감이 사람을 어떻게 보고! 모두 지난 일이지만 가끔 이런 생각이 들어. 그날 그때 술 한잔 공손하게 따라 드릴걸. 세월이 지나 하는 말이지만, 그 영감 아직 살아 있으면 그냥 술 한잔 공손하게 따라 드리고 싶다. 한평생 산골에서 농사지으며 살아오신 분한테 술 한잔 따라 올리는 게 무어 그리 자존심 상하는 일이라고. 여태 잘살았건 잘못 살았건 모두 지난 일이야. 다 내 팔자인데 누굴 원망하겠냐고. 58년 개띠 팔자가 다 이 꼴이라……."

58년 개띠 팔자도 서러운데 어쩌자고 창밖엔 함박눈이 자꾸자꾸 쌓이는지……. 우리는 약속이라도 한 듯이 막걸리 잔을 슬며시 잡았다.

58년 개띠 영순이

정홍아, 오랜만이다야
이게 몇십 년 만이고!
황매산 골짝에서 농사짓고 산다며?

목소리 여전하구만
도시 살다가 농부가 된 지
이제 겨우 십 년 되었어
하루하루 배우고 깨달으며 재미있게 살아

시도 쓴다며?

하하, 시는 무슨 시
그냥 농사짓는 틈틈이……
그런데 니는 뭐 하고 지내노?

자식새끼들 다 자랐지만
그놈들한테 손 벌릴 수도 없고 해서
몇 년 전부터 가정관리사 한다 아이가

가정관리사라니?

파출부 있잖아, 남의 집에 가서
밥도 해 주고 빨래도 빨아 주고 청소도 하는……

아아, 그걸 요즘은 가정관리사라 하는구만
파출부보다 가정관리사가 훨씬 듣기 좋다야
힘들지 않나?

58년 개띠들이 올해 58세가 되잖아
그 세월 동안 얼매나 고생고생하며 살았는데
이까짓 거 힘들 게 뭐 있겠나
그래도 가끔 말이야
세상 확 뒤집고 싶을 때도 있다 아이가
일이 힘들어서가 아니라
사람인데 사람대접 받지 못할 때에 그런 생각이 든다
"아줌마, 이걸 청소라고 했어요?
먼지가 그대로 있잖아요."
"아줌마, 혹시 여기 걸어 둔 옷 못 봤어요?"
"아줌마, 어쨌기에 참기름이 벌써 다 떨어졌어요?"

비싼 외제 물건들이 가득한 집주인들이 더 심해
이런 인간들은 자기 기분에 따라
우리를 식모로 여기기도 하고 도둑년으로 몰기도 해

크으, 요즘 세상에도
그런 막돼먹은 인간들이 있단 말이가?

그래서 만든 게 '전국가정관리사협회'야
줄여서 '가사협'이라 해
그곳에 등록하면 이런 불만을 들어주고,
그런 막돼먹은 인간들 집에는 가지 않아도 되거든

다 그런 막돼먹은 인간들만 있는 게 아니야
정말 자기 식구처럼 따뜻하게 맞아 주는 집주인도 많아
어쨌든 나는 건강한 몸뚱이 하나로 먹고사는
당당한 노동자잖아

우아, 영순이 너 많이 변했네!
아주 보기 좋게 변했다야!

정홍아, 오늘은 어제가 아니잖아
가치 있는 게 있다면 그걸 찾아서 너도 나도 변해야지
그게 사람이잖아!

영양제 한 통

마산 석전동에서 달세 1만 원짜리
단칸방을 얻어 신혼살림을 차리고 살 때,
그 옆집에 살던 호수 어머니를
삼십 년 만에 장례식장에서 다시 만났습니다
호수 어머니는 만나자마자 아내에게 말했습니다

"영교 엄마야, 진짜 오랜만이다야
우찌 이런 데서 다 만나노?
너거 아들 많이 컸제 우찌 살고 있노?
내 아직 잊아뿌도 안 한다
우리 아들 호수가 하도 몸이 약해서
지 애비 월급날 큰맘 먹고 영양제 한 통 사 둔 걸
너거 아들이 와서 영양제 한 통을
한꺼번에 다 먹어 치웠다 아이가"

장례식장에서 호수 어머니랑 헤어져
집으로 돌아가는 길에
아내는 한참을 옛 생각에 젖어 있다가
나직하게 말했습니다

"맞다 맞어, 왜 그걸 여태 잊어버리고 살았을까
당신 월급 받으면, 호수네 집에 영양제 한 통
사 주어야지 몇 번이나 마음먹었는데……
그 세월이 벌써 삼십 년이 훌쩍 흘러가 버렸네"

모두 지난 일이라고 몇 번이나 말했는데도
가난한 아내는 이미 삼십 년 전으로 돌아갔습니다
영양제 한 통을 사서
호수네 집으로 달려가고 있습니다

농부가 된 아내

태어나서 채소밭 한 평 가꾸지 못한 아내가
산골에서 농사짓고 살면
굶어 죽는 줄로만 알던 아내가
농부는 불쌍한 사람 가운데
가장 불쌍한 사람이라 여기던 아내가
만물을 살리는 어머니인 흙을 더럽다고 여기던 아내가
농사지으며 살고 싶으면 혼자 가서 농사지으라고
내게 억지를 부리고 으름장을 놓던 아내가

47년, 팍팍한 도시 삶을 정리하고
스스로 농부가 되기로 마음먹고
보따리를 싸서 산골로 들어왔습니다

산밭에서 일하다 뻐꾸기 우는 소리를 듣고
어디에서 뻐꾸기시계 소리가 나느냐고 묻던 아내가
논밭에서 나는 풀은 한 해, 한 번만 매면
두 번 다시는 풀이 안 나는 줄 알던 아내가

농부가 된 지, 서너 해 지나면서
논밭에서 나는 풀은

틈이 날 때마다 매야 하는 줄 알고
뻐꾸기 수컷은 '뻐꾹뻐꾹' 하고 울고
암컷은 '삣삣삣' 하고 우는 줄도 압니다

똥 한 덩이가 황금보다 귀한 줄도 알고
농사일은 머리로 배워서 되는 게 아니라
몸으로 깨달아야 되는 줄도 알고
밤새 눈이 쌓이면
벌떡 일어나 마을길부터 쓸어야 하는 줄도 알고
급한 일을 당했을 때는 119보다
이웃이 훨씬 더 빠르고 소중하다는 것도 알고
바쁜 농사철에는 죽은 귀신도 벌떡 일어나
일손을 돕는다는 말이 무슨 뜻인지도 알고
그 무엇보다
사람이 땀 흘려 일을 해야 몸과 마음이 튼튼해지고
'사람 냄새'가 난다는 것도 알고

농사철 끝나면
마을 할머니들 모시고 황토 찜질방에 가고
'님아, 그 강을 건너지 마오' 영화도 보러 가고

(마을 할머니들은 사오십 년 전에 '장화홍련' 영화를 본 뒤로
영화관에서 한 번도 영화를 보지 못했다고 합니다)

조상 대대로 농사지으며 살아온 우리 마을에
제발 송전탑 세우지 말라고,
이대로 농사지으며 살다가 그냥 죽게 해 달라고,
목숨 걸고 싸우는 '밀양 할매들'에게
귀농한 젊은이들과 손수 지은
따뜻한 밥 한 그릇 대접할 줄 알고

아무리 가슴이 찢어지게 아프고 쓰려도
아무리 숨 쉬기조차 미안하고 부끄러워도
진도 팽목항에 한 번이라도 다녀와야 한다며
멀미약을 먹고 버스에 오르던 아내는
가끔 혼자서 중얼거립니다
'내가 왜 도시에서만 살아야 한다고 생각했을까?
바보같이……'

농부가 된 아내는
오늘도 수수밭에서 나올 줄 모릅니다

다 자란 수수가 바람 불면 넘어진다며
여기저기 말뚝을 박고 줄을 묶으며……

우리, 뚝심 하나로

안녕하신가, 58년 개띠 친구들!
큰 탈 없이 정년퇴직을 앞두고 있는가?
아니면 여태 단물 쓴물 다 빼먹고
이제 늙었다고 명예퇴직을……
아니면 직장에서 벌써 밀려나
조그만 가게라도 운영하고 있는가?
그것도 아니면……

우리 나이 올해 58세
아직 한창 때인데 말이야
평균 수명이 80세라 하더라도
22년은 더 살아야 하는데 말이야

엊그제, 85세인 마을 어르신께
말 한번 잘못했다가 혼이 났다네
―어르신, 앞으로 90세까지는
건강하게 사셔야지요
―아니, 이 사람아! 나보고 앞으로
5년만 더 살다가 죽으란 말인가?
―아이고오, 그런 말씀이 아니라……

세상이 이렇게 변했는데도 여기저기서
우릴 폐물 덩어리로 보니 큰일이네그려
자식 놈들 아직 취직도 못 하고 있는 데다
취직한 놈조차 비정규직이라 언제 쫓겨날지 몰라
혼인할 생각은 꿈조차 꾸지 못하고 있다네
이렇게 자식 놈들이 딱한 처지니
우리 노후 문제까지 생각할 겨를이 어디 있겠는가

여태 세금 한 푼 떼먹지 않고
꼬박꼬박 나라에 바쳤는데,
성실하고 부지런하게 살아온 죄밖에 없는데,
돌아오는 대가치고는 세상이 너무 고약하군그려

고생스럽게 살아온 인생을
'개 같은 인생'이라 하더군
그래서 58년 개띠가 유명해졌을까?
개 같은 인생이라!

누군 전두환 시절에 학생 운동을 하고
누군 노태우 시절에 노동 운동을 하고

누군 김영삼 시절에 농민 운동을 하고
그리하여 물 마시듯 최루 가스를 마시며
고문을 당하고 온몸이 짓밟혀 피멍이 들고
그러다 살림살이 쪼들려 가정이 무너지고
때론 이혼을 당하기도 하고……
우리 둘레에 아직도 그 후유증으로
고생하고 있는 친구가 얼마나 많은가
민주로 가는 그 길에 앞장섰던 친구들만큼이나
가슴 시리도록 지켜보아야만 했던
친구들의 숨은 상처는 또 얼마나 깊겠는가

여태 살아온 삶도 처절한데, 아직도
공장에서 사무실에서 건설 현장에서 농촌에서
누군 공작 기계에 팔이 감겨 날아가고
누군 프레스에 손가락이 잘려 나가고
누군 주물 공장 뜨거운 쇳물에 화상을 입고
누군 갑자기 쓰러져 식물인간이 되고
누군 조선소에서 떨어져 죽고
누군 농기계 사고로 죽고
누군 위암으로 간암으로 폐암으로 죽고

누군 가난과 외로움에 지쳐……

그래도 우리, 뚝심 하나로 험한 세상 잘 살아왔네
아니, 잘 버텨 왔겠지
58년, 쓸쓸하고 고단한 삶이었지만
그나마 우리가 애써 살았기에
이나마 좋은 세상이 되었지 않은가
자아, 다시 시작하는 마음으로 힘내시게
아무리 어렵고 힘든 처지에서도 기죽지 마시게

시

더 가난하게 살라는
더 불편하게 살라는
더 단순하게 살라는
더 정직하게 살라는
더 쓸쓸하게 살라는

그래야만
반드시 그래야만
나를 섬기겠다는 당신

내 마음속에
마음대로 들어와
나를 흔들어 놓는
참으로 고맙고 두려운 당신

그대는

―마지막 날에
무얼 하고 싶은가, 그대는

누가 내게 묻는다면
나는 이렇게 대답하겠네

―그날도 나는
사람을 그리워하며 시를 쓸 것이라네

가난하고 외롭고 높고 쓸쓸한 시

박상률(시인, 청소년문학가)

1.

58년 개띠 해
오월 오일에 태어났다, 나는

양력으로는 어린이날
음력으로는 단옷날

마을 어르신들
너는 좋은 날 태어났으니
잘 살 거라고 출세할 거라고 했다

말이 씨가 되어
나는 지금 '출세'하여
잘 살고 있다

이 세상 황금을 다 준다 해도

맞바꿀 수 없는

노동자가 되어

땀 흘리며 살고 있다

갑근세 주민세

한 푼 깎거나

날짜 하루 어긴 일 없고

공짜 술 얻어먹거나

돈 떼어먹은 일 한 번 없고

어느 누구한테서도

노동의 대가 훔친 일 없고

바가지 씌워 배부르게 살지 않았으니

나는 지금 '출세'하여 잘 살고 있다

-〈58년 개띠〉 전문

　서정홍 시인의 정체성이 들어 있는, 유명한 〈58년 개띠〉
라는 시이다. 시에서 그린 대로 그는 노동자이다. 이 시를 쓸
무렵엔 공장에서 일했지만 지금은 땅에서 일하고 있다. 그가
태어난 날은 1958년 개해이고, 5월 5일이다. 5월 5일은 어
린이날이고 단옷날이다. 그런 날에 태어났으니 다들 출세할
것이라고 거들었다. 역설적으로 그는 출세했다고 생각한다.
정직한 노동자로 평생을 살았으니까! 그런데 노동자는 가난
하다. 그래서 노동자의 벗이라고 일컬어지는 칠레의 시인 파

블로 네루다도 '내가 보는 가난, 나는 그걸 외면할 수가 없다.'고 말했다.

백석 시인의 〈흰 바람벽이 있어〉라는 시에도 이런 구절이 있다. '나는 이 세상에서 가난하고 외롭고 높고 쓸쓸하니 살 어가도록 태어났다' 또 '하늘이 이 세상을 내일 적에 그가 가 장 귀해하고 사랑하는 것들은 모두 가난하고 외롭고 높고 쓸 쓸하니'로 이어진다. 서정홍 시인을 생각하면 이 시가 떠오른다.

하여간 서정홍 시인의 〈58년 개띠〉엔 그의 모든 것이 다 들어 있다. 그는 평생을 노동자로 살고, 나아가 시에 곁들여 동시를 쓰고 있다. 이게 서정홍 시인의 정체성이다. 그의 운 명은 백석 시인의 〈흰 바람벽이 있어〉라는 시 구절처럼 '가난 과 외로움과 쓸쓸함'이다. 하지만 그 '가난과 외로움과 쓸쓸 함'은 감상적인 것만으로 그치지 않는다. 이른바 농부 시인 으로 알려진 서정홍 시인의 삶은, '높다!'

2.

서정홍 시인과 함께 엮인 인연은 무엇보다도 같이 1958년 생이라는 데서 비롯된다. 1958년은 12간지로 얘기하면 '개' 해이다. 대한민국에서 그해에 태어났다는 건 동갑내기 머릿 수가 많다는 것이다. 이렇게 된 까닭은 6.25 한국전쟁을 치 른 아버지들이 1953년 휴전 협정 뒤 군에서 제대하여 얼마

안 있다 혼인을 하여 자식을 몇씩 낳았는데, 하필 1958년생이 많았다는 것이다.

동갑내기 머릿수가 많다는 건 생존경쟁이 그만큼 치열했다는 얘기이다. 그래서 우리 또래를 기준으로 각급 학교의 진학 방식도 바뀌었고, 먹고살기에 급급하여 도시의 철공소 같은 데서 일하는 '공돌이'와 부를 형성하기 시작한 도시의 가정집에서 일하는 '식모'가 많이 생겨났다.

우리 또래는 개발독재 시대에 사춘기를 보내고 민주화 시대에 청년기를 보냈다. 위아래의 우리 세대들이 다 같이 겪은 일이긴 하지만 우리 또래는 곧잘 '58년 개띠'로 호명된다. 그래서 서로 나고 자란 지역은 달라도 묘한 동질감을 느끼며 살고 있다. 이런 동질감은 '58년 개띠 모임'을 갖게 하기도 했다.

몇 해 전에 58년 개띠 문인 모임을 가졌다. 처음엔 전국에서 모인 동갑내기들이 반가워 개처럼 날뛰었지만 금세 '개판'이 되어 모임이 오래가지 못했다. 이는 그만큼 개성이 강해 한데 쉽게 묶일 수 없다는 것을 의미하기도 했다. 본디 개들은 군집성이 강하기도 하지만 저마다 외로움을 즐기는 족속이기도 하다.

그럼에도 서정홍 시인과 인연은 계속되었다. 나는 사람보다 개가 더 유명한 진도가 고향이다. 58년 개띠가 제대로 들어맞는 사람이다. 하지만 개 가운데서도 '진도개 띠'인 옛 동무들 가운데 여럿이 고향 진도의 들과 산에서 지내지 못하고 서정홍 시인의 고향인 마산으로 공장 생활을 하기 위해

갔다. 당시 마산은 생산 및 수출자유지역으로 지정되어 있었다. 그래서 공단이 조성되어 공장이 많이 세워졌다. 시골에서 초등학교나 중학교를 졸업한 동무들이 '취업'하기 위해 마산으로 많이 갔다. 그렇지만 나중에 마산 출신의 서정홍 시인을 만나리라곤 꿈에도 생각하지 못한 일이다.

서정홍 시인과 함께하는 두 번째 인연은 시를 쓴다는 것이기도 하지만 무엇보다도 어린이문학을 함께한다는 것이다. 그의 출생일이 어린이날이라는 것은 운명적으로(?) 어린이문학을 할 수밖에 없는 일이기도 하다. 그래선지 그는 운명적으로 동시집 ≪윗몸일으키기≫와 ≪우리 집 밥상≫을 펴내기도 했다. 이번 시집에서도 동시 느낌을 주는 시가 여럿 들어 있다.

가뭄이 들어
상추밭에 물을 줍니다

혼자서도 잘 노는
다섯 살 개구쟁이 다울이가
살며시 다가와 묻습니다

―시인 아저씨, 상추는 물을 주면서
강아지풀은 왜 물을 안 줘요?
상추 옆에 같이 살고 있는데

그 말을 듣고

강아지풀한테

물을 듬뿍 주었습니다

―〈상추와 강아지풀〉 전문

강아지풀 처지에서 보면 자기나 상추나 같은 생명체이다.
하지만 어른은 오로지 사람에게 유용하느냐 안 하느냐를 기
준으로 생명을 가른다. 그래서 상추에게만 물을 주게 된다.
그런데 이를 지적하는 이가 있다. 어린이이다. 어린이의 동
심이란 게 이런 것 아닐까? 생명을 차별하지 않는 것. 나중에
사람 입에 들어가느냐 들어가지 않느냐를 따지지 않는 것.
이런 게 참된 동심일 것이다. 그러고 보면 동심은 시심하고
도 통한다. 시를 쓰지 않는 어른이면 자칫 놓칠지도 모른다.

서정홍 시인과 또 엮인 일은 이렇다. 청소년이나 교사들
강연에 초청되어 가 보면 서정홍 시인이 먼저 다녀갔거나 뒤
에 오기로 한 경우가 많다. 서정홍 시인에게서 흙냄새가 나
는, 땀 흘리는 땅 농사꾼의 진솔한 얘기를 듣고 싶어 그를 부
른다. 내게선 글 농사 얘기를 듣고 싶어 하고⋯. 나는 책 읽
기에 대한 얘기를 주로 하고 그는 땅 농사 얘기를 주로 한다.

그와 텔레비전 어떤 프로그램에서 엮이기도 했다. 몇 해
전 나를 취재한 방송 관계자들이 합천의 어떤 농부 시인에게
가야 한다고 서둘렀다. 나중에 알고 보니 그 농부 시인이 서
정홍 시인이었다!

3.

서정홍 시인의 시는 우선 '착하다'. 〈내가 가장 착해질 때〉라는 제목으로 시집도 냈다. 그의 시가 착할 수밖에 없는 까닭은 그의 시에 등장하는 사람들의 삶 자체가 착하기 때문이다. 굳이 착한 척하지 않아도 된다. 그냥 사는 모습 그대로만 그려도 착하다. 그의 〈58년 개띠〉라는 시에서 그린 대로 '땀 흘리며' 사는 사람들의 삶은 착할 수밖에 없다. 그런 삶에는 거짓이 끼어들 여지가 없다. 그는 그런 것을 '출세'했다고 여기는 사람이다.

> 서울에서 도덕 선생하다/산골에 들어와 농부가 된/인성이 아버지가//멋있는 말을 해서/사람들을 웃겼습니다//-농촌에 들어와서/가장 쓸모없는 게 도덕이라고요!/도시에서 입만 살아서 도덕 도덕 떠들었지/삶은 빵점이었다니까요!
>
> -〈쓸모 있는 시〉 전문

입으로만 착한 게 아니라, 시인이 〈쓸모 있는 시〉라고 명명할 정도의 말을 하는 사람들을 있는 그대로 그린다. 그러면 말 그대로 착하다.

학교가 착한 사람을 기르지 않고 이상한 재주를 가진 '도깨비'를 기른다고 서정홍 시인은 안타까워한다.

> 이웃 마을에 사는 만수 아재 첫째 아들은 대학 선생이고,

둘째 아들은 중학교 선생이고, 셋째 아들은 가난한 비정규직 노동자다. 첫째와 둘째 아들은 늘 살기 바빠 한 해 두세 번밖에 부모를 찾아오지 못한다. 그러나 셋째 아들은 아무리 살기 바빠도 한 해 열두 번 넘게 부모를 찾아와 농사일을 거든다. 그 소문을 새들이 물고 다니며 동네방네 방방곡곡 다 퍼뜨렸다. 어느새 가난하고 못 배운 자식이 효도한다는 소문까지 쫙 퍼져나가더니, 등골 빠지게 농사지어 자식 학교 보내고 뒷바라지해 봤자 아무 소용없다는 소문까지 나돌았다. 드디어 우리나라 학교는 땀 흘려 일하고 정직하게 살아가는 '사람'을 기르지 못하고, 이상한 재주를 가지고 사람을 호리는 '도깨비'를 기른다는 소문마저 나돌았다. 강물이 거침없이 흘러 천 리에 다다르듯, 소문에 소문이 꼬리를 물고 퍼져 나갔다.

-〈뜬세상〉 전문

착한 사람은 그 밖에도 많다. 요한이, 요한이 할머니, 산내 할아버지, 한센병 환자, 외할머니, 현동 할아버지, 정한이, 구륜이, 아내, 58년 개띠 동무들…… 서정홍 시에 등장하는 인물들은 굳이 어떤 수식이 필요하지 않다. 있는 그대로, 보이는 그대로가 착하기 때문이다.

그렇다고 서정홍 시인이 착한 사람만 보고 있지만은 않다. 시인의 눈에는 못마땅한 인간과 세상이 같이 보인다. 특히 국민을 억압하는 정치꾼과 악덕 기업가들. 세금 한 푼이라도 아꼈으면 하는 시골 노인네들의 말을 빌려 이들을 꾸짖는다.

"우리야 이런 돈 안 나와도 집에 쌀 있겄다 김치 있겄다 아무거나 머그모 되는데……." "맞다, 맞어. 이 돈 알고 보모 도시 사는 자시새끼들 죽을 둥 살 둥 땀 흘린 기다." "우리 같은 늙은이들이 얼릉 죽어뻐야 젊은 것들이 고생을 덜하지."

─〈나랏돈〉 부분

　　노인 회관 운영비와 부식비로 군에서 조금 나온 돈을 두고 나누는 마을 어르신들의 대화다. 시골 노인들은 조금 나오는 그런 돈도 아까워하며 자식 걱정을 하는데, 정부는 기업에 엄청난 돈을 주기도 하고 성과도 없는 자원 외교니 뭐니 하며 나랏돈을 함부로 쓴다. 착하지 않은 부류의 인간들을 착한 사람과 비교하는 것만으로 뭐가 옳고 그른지를 알게 한다. 그러기에 서정홍 시인은 '너른 들녘에서 허리 숙여 모를 심고/정비 공장에서 고장 난 자동차를 고치고/공사판에서 비지땀 흘리며 집을 짓고/식당 주방에서 사철 내내 맛있는 음식을 만들고……/(─〈못난 꿈이 한데 모이면〉 부분)'자 하는 농촌 고등학교 학생들을 보고 희망을 갖는다. 그런 까닭에 그 또래 아이들이 영문도 모른 채 바닷속에서 죽어 간 일을 속상해하며 눈물을 흘린다.

　　산골 마을 젊은 농부들과 함께
　　틈을 내어 갔습니다
　　일곱 살 정한이도 함께 갔습니다
　　진도 팽목항에

─시인 아저씨, 바다를 보고 왜 울어요?

엄마도 울고 이모도 울고 왜 다 울어요?

─정한아, 울긴 누가 울어

─지금도 울고 있잖아요?

─우는 게 아니라니깐

─지금도 울고 있잖아요?

─어허, 고 녀석이……

우는 것조차 미안하고 부끄러운

진도 팽목항에서

정한이가 내 손을 잡고 자꾸 묻습니다

새까만 눈동자로 날 쳐다보면서

─지금도 울고 있잖아요?

─〈산골 아이 정한이〉 전문

정한이가 살아갈 날은 제발이지 울 일이 없었으면 좋겠다.
그런 마음에서 시인은 눈물을 흘렸을 것이다. 다만 세월호
희생자만이 시인의 가슴을 후벼 파지 않았으리라.

4.

시는 '시시해서 시!'라는 우스갯소리가 있다. 시시하기에

누구나 시를 쓸 수 있다. 하지만 시를 잘 쓰기는 어렵다. 잘 쓴 시란 어떤 시일까? 시를 읽는 사람이야 알든 모르든 기교만 넘치게 쓴 시일까? 이에 대해 파블로 네루다는 이런 말을 했다. '리얼리스트가 아닌 시인은 죽은 시인이다. 그러나 리얼리스트에 불과한 시인도 죽은 시인이기는 마찬가지이다. 비합리주의적인 시인은 자신과 자신을 아끼는 사람만 이해할 수 있는 시를 쓰는데 이는 참으로 한심한 일이다. 그러기에 오로지 합리주의만을 내세우는 시인도 있다. 이런 시인의 시는 바보라도 이해할 수 있는데, 이 또한 한심하기는 마찬가지이다.'

잘 쓴 시, 즉 좋은 시는 시인 본인부터 치유가 되고 성찰을 하게 되며 독자에게도 위안을 주고 독자의 생각을 바꾸는 어떤 힘을 가지고 있다. 이런 면에서 보면 시는 결코 '시시'하지 않다. 서정홍 시인의 시를 읽으면서 시시하지 않은 시의 힘을 느끼게 되는 건 아마도 시 편편마다 들어 있는 시인의 진실한 마음 때문일 것이다. 그러기에 서정홍 시인은 진짜 시를 쓴다.

오랜만에 못난 시인들이/세상 고민 다 짊어지고는/거나하게 술을 마시고/밤거리에 나왔습니다//휘황찬란한 불빛들이 도시를 물들이고/그 불빛에 취해 길을 걷다가/슈퍼마켓 옆에 쪼그려 앉아/종이 상자를 접고 있는/꼬부랑 할머니를 보았습니다//못난 시인들이 술을 마시는 동안에도/슈퍼마켓 옆에 쪼그려 앉아/시를 쓰고 있었습니다/꼬부랑 할머니는

－〈진짜 시〉 전문

그러면서 서정홍 시인은 시가 자신도 살렸다고 읊었다.

만일, 세상에 시가 없었다면

공부만 하는 공붓벌레가 되었을지
일만 하는 일벌레가 되었을지
돈만 생각하는 돈벌레가 되었을지
눈에 보이는 것밖에 모르는 바보가 되었을지
무엇이 소중한지도 모르는 멍텅구리가 되었을지
마음 나눌 벗 하나 없는 외톨이가 되었을지
가난한 농부 귀한 줄 모르는 얼간이가 되었을지
내가 살려고 남을 속이는 사기꾼이 되었을지
그리하여 귀한 밥만 축내는 버러지가 되었을지
도시 시멘트 속에 갇혀 이미 송장이 되었을지

누가, 어떻게 알겠냐고?

－〈나를 살린 시〉 전문

서정홍 시인이 추구하는 바는 하루하루 땅농사 짓는 노동을 잘하며, 곁들여 진실하여 나와 남을 다 살리는 시를 쓰는 일이다. 〈하루〉라는 시에 이런 그의 바람이 다 들어 있다.

'아침에 일어나/바람 들어오는 창문을 열 수 있다면/그것은 가장 큰 기적이다//그 바람을 맞으며/심장 뛰는 소릴 들을 수 있다면//아침에 일어나/다른 사람 얼굴을 볼 수 있다면/그것 또한 가장 큰 기적이다//서로 얼굴 바라보며/환하게 웃을 수 있다면// 그리하여/살아있는 기쁨에/마음 설렐 수 있다면'

〈하루〉 전문

　　그렇다. 그가 시를 쓰는 까닭은 '살아 있는 기쁨에 마음 설레고 싶기' 때문이다. 그러기 위해 그는,

　　'우리, 조금 더/쓸쓸해야 하느니/쓸쓸해야 사람이 그립고/사람이 그리워야/사람을 사랑할 수 있느니'

-〈그리하여〉 전문

라고 노래했다. 다들 이제쯤 눈치를 챘을 것이다. 서정홍 시인이 농사를 짓고 시를 쓰는 건 결국 사람을 사랑하기 위해서이다!

함께 울고 함께 웃으며

저는 1958년 5월 5일에 태어났습니다. 1958년에 태어난 사람들이 하도 많아서인지, 역사의 흐름 속에 특별한 사건이 많아서인지, 어쨌든 여러 가지 까닭으로 '58년 개띠'는 모든 띠 가운데 사람들 입에 가장 많이 오르내립니다. 1995년, 제가 보리출판사에서 《58년 개띠》 시집을 내고 난 뒤에 몇몇 58년 개띠 작가들의 제안으로 '58년 개띠 작가 모임'을 서울에서 열었습니다. 시인, 소설가, 수필가, 동화 작가, 평론가 들이 팔도에서 다 모였습니다. 정말 보기 아름다운 '개판'이었습니다. 태어나서 처음 만났는데도 마치 옆집에서 함께 살아온 동무처럼 가까워질 수 있는 까닭은 무엇일까요?

똥구멍이 찢어지게 가난한 어린 시절과, 군부 독재 권력에 영혼(민주와 자유)을 빼앗긴 채 살아온 청소년 시절과, 빼앗긴 영혼을 다시 찾으려고 최루 가스를 마시며 어깨 걸고 거리에 나섰던 청년 시절과, 산업 현장에서 '국가경제성장'을 위해 노예처럼 살아온 삼사

십 대 시절이⋯⋯. 아니면 또 그 무엇이 우리를 이렇게 하나로 이어 주는 걸까요?

혼자 곰곰이 생각해 보았지만 '깊은 인연'이라는 말밖에 떠오르지 않습니다. 그 깊은 인연으로 같은 해에 태어나 같은 땅에서 숨 쉬며 살아온 58년 개띠들에게 올해는 58세가 되는 해입니다. 그동안 '경제성장'이라는 괴물에 홀려 생명의 텃밭이고 아이들의 미래인 농촌을 버린 죄, 누가 어디서 어떻게 생산했는지도 모르는 독한 농약과 화학 첨가물로 범벅이 된 먹을거리로 아이들을 병들게 한 죄, 생각도 없이 마구 버린 공장 폐수와 생활 폐수 따위로 개울과 강을 오염시켜 마시는 물조차 돈을 주고 사 먹게 만든 죄, 속임수와 비리로 얼룩진 정치와 경제와 아이들을 죽음으로 몰아넣는 무시무시한 교육제도를 만든 죄, 가진 자들이 제멋대로 나라를 짓밟고 있는데도 먹고살기 바쁘다는 핑계로 '나 몰라라' 한 죄, 아이들 앞에 천 번 만 번 무릎을 꿇고 용서를 빌어도 시원찮을 큰 죄를 저지르고도 부끄러운 줄 모르고 살아왔으니⋯⋯. 입이 열 개 백

개라도 할 말이 없습니다. 여태 '경제 논리'에 얼이 빠져 잘못 살아왔음을 솔직하게 고백하며 진심으로 뉘우칩니다.

이 시집은 남은 삶을 다시 시작하는 마음으로 썼습니다. 농부 나이로 겨우 열 살이라 아직 철없는 나이지만, 살아가면서 여태 보고 듣고 겪고 배우고 깨달은 이야기를 나누고 싶어 한 편 한 편 말하듯이 썼습니다. 청소년이 읽어도 이해할 수 있도록 쓰려고 애썼습니다. 시는 세대와 시대를 뛰어넘어 서로 소통할 수 있는 도구가 되어야 한다고 생각하니까요. 나이와 직업을 가리지 않고 시를 읽고 시를 쓰며, 함께 울고 함께 웃으며 '삶의 새순'을 키울 수 있다면 얼마나 좋겠습니까?

카프카는 "한 권의 책은 우리들 내면의 얼어붙은 바다를 깨는 도끼여야만 한다." 했습니다. 부디 서툴고 못난 이 시집이 '얼어붙은 바다를 깨는 도끼'는 되지 못하더라도 쓸쓸하고 고단한 이웃들의 가슴을 잠시나

마 따뜻하게 데워 드릴 수 있다면 더 바랄 게 없습니다. 고맙습니다.

들녘에 봄이 오듯이
우리네 사는 세상에도 봄이 오기를 기다리며
서정홍